¡Algo apesta!

Texto: Blake Liliane Hellman
Ilustraciones: Steven Henry

 Picarona

Puedes consultar nuestro catálogo en
www.picarona.net

¡Algo apesta!
Texto: *Blake Liliane Hellman*
Ilustraciones: *Steven Henry*

1.ª edición: octubre de 2018

Título original: *Something Smells!*

Traducción: *David Aliaga*
Maquetación: *Montse Martín*
Corrección: *Sara Moreno*

Edita: Picarona, sello infantil de Ediciones Obelisco, S. L.
Collita, 23-25. Pol. Ind. Molí de la Bastida
08191 Rubí - Barcelona
Tel. 93 309 85 25 - Fax 93 309 85 23
E-mail: picarona@picarona.net

ISBN: 978-84-9145-188-4
Depósito Legal: B-13.996-2018

Printed in China

Para V, mi colaborador favorito, y para Ma, mi editora original.
—B. L. H.

Para Ladygirl, que soporta todas mis travesuras.
—S. H.

Una mañana, muy
temprano, el más terrible de
los olores despertó a Elliot.

Elliot miró a su alrededor
con el ceño fruncido.

«Algo apesta», pensó.

Miró debajo de la cama.

Pero estaba *perfectamente* limpio.

¿Sería una mofeta?

Abrió la ventana.

Pero en el vecindario se respiraba
el olor del aire fresco de la mañana.

Olisqueó al señor Jiggles.
Pero el señor Jiggles
no apestaba.

Pee Wee no apestaba.

La merienda
del miércoles tampoco
apestaba (o, al menos,
no demasiado).
Elliot no podía encontrar
la fuente de aquel
mal olor.

«Quizá sea papá»,
pensó.

Pero papá olía muy bien.

Durante el desayuno, su madre lo regañó.

—Ni un día más con ese disfraz, Elliot.

Pero él no quería quitárselo.
Era el mejor disfraz de la historia.

Brillaba en la oscuridad y, así, le confería
el ASPECTO EXACTO DE UN ESQUELETO.

Además, estaba demasiado
ocupado buscando el origen
de aquel horrible olor.

«Los perros apestan», pensó.
Pero Digsy olía a beicon.

«Las hermanas pequeñas apestan».
Pero Lucy olía a sirope de arce.

Habría apostado un millón
de gominolas a que era el bebé.

Pero Lilac olía a polvo de talco.

¿Sería la comida de gato?

Nop.

Quizá fuese el cubo de basura.

Pero lo único que encontró
fueron algunos caramelos
del último Halloween.

¿¡Qué, qué, **qué**
era aquel olor tan horrible!?

La famosa

Gefartzenschnaffel

de la abuela.

Elliot tampoco.

Pero no olía de aquella forma.

—Ni un segundo más con ese disfraz,
jovencito -dijo su madre-.
¡Es la hora de tu baño!

Elliot se sentía decepcionado
por no haber resuelto el misterio del mal olor.

Elliot se enjabonó, se frotó, se aclaró
y cuando hubo terminado...

ALGO se escurrió por el desagüe.

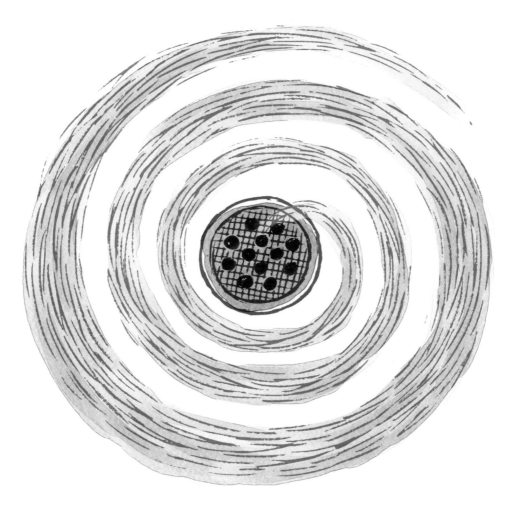

Aquel horrible olor se había ido.

Después de su baño,
Elliot estaba ansioso por ponerse
su nuevo pijama de monstruo marino.

¡Era el mejor pijama de la historia!
¡Tenía ESCAMAS REALES
y GRANDES Y PODEROSAS GARRAS!

Se sentía tan bien...

...que nunca se lo quitaría.